Tout un trésor

Mireille Rollin

Illustrations
Bruno Saint-Aubin

Dominique et compagnie

Données de catalogage avant publication (Canada)

Rollin, Mireille

Tout un trésor

(Collection Libellule)

Pour les jeunes de 8 à 12 ans.

ISBN : 2-7625-4112-3

I. Titre. II. Collection.

PS8585.O3978T69 1997   jC843'.54   C97-940208-5
PS9585.O3978T69 1997

PZ23.R64To 1997

Sous la direction de Yvon Brochu, R-D création enr.
Conception graphique de la couverture : Diane Primeau
Illustrations : Bruno Saint-Aubin
Révision-correction : Maurice Poirier
Mise en page : Michel Bérard Graphiste inc.

© Les éditions Héritage inc. 1997
Tous droits réservés
Dépôts légaux : 3e trimestre 1997
Bibliothèque nationale du Québec
Bibliothèque nationale du Canada
ISBN : 2-7625-4112-3   Imprimé au Canada

Dominique et compagnie
UNE DIVISION DES ÉDITIONS HÉRITAGE INC.
300, rue Arran, Saint-Lambert (Québec) J4R 1K5
Téléphone : (514) 875-0327
Télécopieur : (514) 672-5448
Courrier électronique : heritage@mlink.net

Nous remercions le Conseil des Arts du Canada de l'aide accordée à notre programme de publication.

À Bastien, Guy, Zaby et Sylvain.

Chapitre

L'enveloppe mystérieuse

Tout bouge autour d'Achille. Un vrai tourbillon d'activités.

Et pourtant, tandis que tout le monde s'affaire comme des abeilles, Achille, lui, s'ennuie. Il s'ennuie terrrrriblement. Depuis que sa saison de hockey est terminée, il se tourne les pouces. Il a bien quelques devoirs et leçons à faire en revenant de l'école, mais rien d'autre. Qui aurait dit, qu'un jour, Achille Chénier ferait ses devoirs pour se désennuyer plutôt que par obligation ?

Il y a pourtant de quoi être occupé à la maison. Ses parents et sa grand-mère, qui habite avec eux, ont fort à faire avec bébé Renaud, son frère. De temps en temps, Achille lui donne le biberon et le berce. Mais c'est tout! Les petits cris aigus de Renaud percent les oreilles d'Achille qui préfère alors s'ennuyer seul.

De plus, sa grand-mère Lise lui propose souvent des jeux. Achille refuse toujours. Même lorsqu'elle lui offre de jouer au hockey avec lui. Il est trop vieux, maintenant, puisqu'il fait partie d'une vraie équipe.

– Fais quelque chose, Achille. Appelle un ami, bouge un peu! lui suggère souvent sa grand-mère exaspérée d'entendre son petit-fils répéter sans cesse « Je m'ennuie ».

En cette fin d'après-midi, l'imagination à zéro, Achille continue de se morfondre. Il voudrait bien faire quelque chose. Quoi donc? Mis à part les documentaires à la

télévision, et seulement ceux sur la nature, et aussi le vrai hockey, rien ne l'intéresse vraiment. Bien sûr, il aimerait aller jouer avec la fouine de Sylvie, sa voisine. Mais depuis que celle-ci l'a poursuivi jusqu'à l'aréna, Achille ne tient pas à la revoir. Non, mais, quel toupet! Elle criait comme une perdue dans les gradins: «Chénier, Chénier, Chénier!» Tous ses coéquipiers se moquaient de lui! Ils ont tous cru qu'elle était sa blonde. Quelle honte!

De toute façon, il voit Sylvie tous les jours. En plus, c'est la troisième année de suite qu'elle est dans sa classe. Elle est curieuse de tout, elle ne fait que questionner. Achille ne la surnomme pas la fouine pour rien. Dernièrement, elle a eu la folle idée de se faire couper les cheveux. Elle ressemble à un pissenlit... un joli pissenlit. Et sans ses longues tresses on dirait presque une fille du secondaire. Elle a aussi décidé de grandir de quelques centimètres en cours d'année. Elle est maintenant plus grande qu'Achille... comme la plupart des filles de sa classe. Qu'ont-elles à pousser si vite?

Non. Achille préfère s'ennuyer et ne pas voir la fouine de Sylvie, de peur de rougir devant elle. Il restera encore tout seul. Mais comme il ne veut pas entendre les cris de bébé Renaud et les remontrances de sa grand-mère, il décide d'aller faire un peu de balle-au-mur dans la cour de l'école. Cela le dégourdira.

Il ramasse son gant de baseball et une balle de tennis, il enfile un léger tricot pour le printemps frisquet et le voilà prêt à partir.

Avant de franchir la porte d'entrée, Achille crie à pleins poumons :

— Grand-maman, je vais jouer dans la cour d'école !

— Très bien, Achille, lui répond une voix du fond de la cuisine.

Il ferme la porte sur les cris stridents de son frère qu'il a réveillé.

* * *

Sans se presser, Achille se rend à l'école. Il s'installe face au grand mur sans fenêtres et commence à s'exercer :

un lancer, un attraper... Achille est con-
centré sur son jeu. «C'est quand même
amusant le baseball, songe-t-il. Peut-être
pourrais-je faire partie d'une équipe cet
été... »

– SALUT!

Achille sursaute et en perd presque ses
espadrilles.

– Ah non, pas toi! dit-il en se retournant, ayant reconnu la voix de sa voisine
Sylvie. Ciboulot de ciboulette! Qu'est-ce
que tu fais ici, la fouine?

– Toujours aussi gentil! réplique-t-elle.
Je passais par hasard et j'ai vu que tu
étais tout seul et...

– Et tu n'as pas pu résister au plaisir de
venir voir ce que je faisais, la coupe nar-
quoisement Achille. Hein, la fouine?

– Ha, ha, très drôle. Est-ce que tu
attends quelqu'un?

– Non. Je joue seul. Tu sais tout maintenant, alors, tu peux continuer ton chemin.

Achille se remet à jouer comme si de rien n'était. Sylvie l'observe un moment. La mine renfrognée, Achille essaie d'ignorer sa présence.

– Ça ne t'arrive jamais d'être moins grognon, Achille Chénier ?

– Oui. Les jours où tu ne poses pas de questions, répond-il du tac au tac.

S'étant de nouveau retourné une fraction de seconde vers Sylvie, il manque le rebond de la balle, qui file à l'autre bout de la cour. Bien qu'un peu vexé d'avoir raté son coup sous le regard de la fouine, Achille se console en songeant que cela lui procure l'occasion de s'éloigner d'elle.

Il trotte en direction de sa balle qui est allée se nicher, au pied de la clôture, dans un amas de déchets poussés par le vent. Il l'aperçoit entre un sac de papier et une enveloppe. Il se penche pour la ramasser.

Histoire de gagner du temps et de retourner le plus tard possible vers la fouine, Achille décide de fouiller un peu et prend d'abord le sac de papier.

– Beurk!

Du bout des doigts, il a ouvert le sac tout humide pour y découvrir un restant de sandwich moisi et une pomme ratatinée.

– Ouache!

Dégoûté, Achille rejette le sac et cueille doucement l'enveloppe. Une inscription attire son attention : *M e mers*. Achille se dit qu'il s'agit probablement du nom du destinataire, délavé par la pluie d'hier. Il remarque que l'enveloppe est cachetée. Une lettre qui ne s'est jamais rendue à destination, pense alors Achille qui tente d'ouvrir l'enveloppe sans trop l'endommager. Il espère découvrir un secret, ou encore une carte qui le guiderait vers un trésor caché. Pourquoi pas ?

– Ciboulot de ciboulette! jubile Achille

en apercevant des billets de banque dans l'enveloppe. Mieux qu'une carte, c'est un trésor!

Il regarde furtivement derrière lui pour s'assurer que la fouine est à bonne distance. Puis il compte: cinq beaux billets de vingt dollars sont là dans l'enveloppe qu'il glisse rapidement dans la poche de sa veste.

Intriguée, Sylvie s'amène vers Achille en s'écriant:

– Tu en mets du temps! Une balle orange, ce n'est pas difficile à repérer, pourtant. Peut-être que tu as besoin de lunettes?

Achille fait demi-tour et revient sur ses pas.

– Oh! à voir ton air, Achille, je parie que tu as fait une trouvaille?

– Ça ne te regarde pas. Laisse-moi, tu veux? implore Achille, les joues en feu.

— Je veux savoir, insiste la fouine.

Achille est ébranlé. Il a bien envie de partager sa joie avec quelqu'un. «Après tout, Sylvie est mon amie! Ou disons, se reprend-il aussitôt, une voisine avec qui j'aime bien me chicaner... Et puis, non! Pas Sylvie! Si je lui confie mon secret, elle me collera aux fesses toute la journée pour voir ce que je ferai de mon trésor.»

Alors, pour toute réponse, Achille secoue la tête, signifiant à la fouine qu'il garde son secret pour lui. Et, courant à toutes jambes, il file droit à la maison.

Chapitre

Cornet et secret

Achille est allé se réfugier dans l'intimité de sa chambre. Installé sur son lit, les mains tremblantes, il recompte sa fortune : cinq billets de vingt dollars !

– Je suis riche, riche, riche ! s'enthousiasme Achille.

Puis mille questions lui traversent l'esprit : d'où vient cet argent ? À qui était-il destiné ? Dois-je le remettre à la police ? Faut-il en parler à mes parents ? Non. Qui trouve garde ! De toute façon le nom est illisible sur l'enveloppe, se dit

Achille pour se convaincre encore davantage qu'il peut garder le trésor trouvé, sans avoir de remords.

Sa décision prise, Achille dissimule les billets sous son matelas. Bien sûr, il en garde un qu'il pourra dépenser en gâteries.

Quoi acheter? s'interroge Achille déjà en route vers le centre commercial de son quartier. Des cartes de hockey? Du chocolat? Une bande dessinée?

Dès son entrée dans le mail, il commence à faire du lèche-vitrines. Mais, même après de longues minutes, rien n'a vraiment suscité son intérêt. Aussi, à force de tourner en rond, la faim vient à le tenailler. Il va à la crémerie qui occupe tout un coin du mail.

Avant de commander, Achille étudie le menu. Il a envie d'un truc qui coûte cher, le genre que ses parents refusent toujours de lui acheter. Le choix est grand, Achille est indécis. Une voix qu'il connaît trop bien le tire de sa réflexion:

– Tu as couru jusqu'ici? demande la fouine malicieusement.

– S'il te plaît, Sylvie, ne pose plus de questions, supplie Achille, découragé.

– Et si j'arrête, qu'est-ce que j'ai en

échange? lance Sylvie qui ne lâche pas prise.

– Je te paye un cornet à ton choix, dit soudain Achille, qui s'étonne lui-même d'avoir fait une telle offre.

Pour bien montrer à son voisin qu'elle croit rêver car il l'a si peu habituée à pareilles gentillesses, la fouine fait mine de se pincer.

– Tu peux même prendre un cornet à deux boules, ajoute Achille en agitant son billet de vingt dollars sous le nez de Sylvie.

Elle n'en croit pas ses yeux , ni ses oreilles.

– Wow ! Chanceux! D'où vient cette petite fortune? Tes parents ont-ils augmenté ton allocation? Avez-vous gagné à la loterie?

– Ni un ni l'autre! répond Achille sans détour. C'est plutôt une question de hasard...

Il regrette déjà ses dernières paroles tout comme sa grande générosité envers la petite fouine. Bien qu'elle ne soit plus petite, elle est tout aussi fouine qu'avant.

– Oublie ça! rétorque brusquement Achille. Tu ne peux vraiment pas t'empêcher de poser des questions, hein?

Achille se retourne vers le menu pour faire son choix. Sylvie n'a pas bougé d'un poil. Achille est persuadé que la fouine a décidé d'empoisonner sa journée. Elle s'est mis en tête de trouver l'origine de sa soudaine richesse. Achille a raison car déjà, elle le bombarde de nouvelles questions.

– Ta grand-mère t'a fait un cadeau?

– Non, dit Achille.

– Tu as vendu ta collection de cartes de hockey?

– Es-tu folle? Jamais!

– Tu as rendu service à quelqu'un?

– Non.

– L'as-tu trouvé ?

– Euh..euh...c'est ça, oui !

– Perdre un billet de vingt dollars... ça doit être énervant, pense tout haut Sylvie.

– Pas plus que de le trouver ! réplique Achille.

– C'est ça, ton petit secret ! Franchement, tu aurais pu me le dire. As-tu regardé dans la cour d'école s'il y en avait d'autres autour ?

– Non, mais... mêle-toi de tes affaires ! lance sèchement Achille.

– Ça va, ça va, ne te fâche pas. Je me demandais seulement si je ne pouvais pas en trouver un, moi aussi.

De nouveau, Achille est ébranlé. Sylvie a beau le fatiguer avec toutes ses questions, elle est quand même son amie.

– Si tu veux... euh... je peux te donner un billet, risque Achille.

– M'en donner un! Tu en as trouvé plus d'un? s'écrie Sylvie tout étonnée.

– Chut! fait Achille, qui avoue tout finalement en rougissant. Mais c'est un secret...

– Combien?

– Plusieurs... chuchote-t-il évasivement.

– Tes parents t'ont laissé garder ces billets?

– Ils ne le savent pas. Je ne leur ai rien dit.

– Tu as trouvé un portefeuille et tu n'as rien dit? Tu n'as pas pensé à le remettre à son propriétaire? T'es dans de beaux draps, Achille Chénier! Règle ça au plus vite!

– Ils étaient dans une enveloppe, tu sauras! Le nom écrit dessus était illisible.

Traite-moi donc de voleur tant qu'à y être.

– S'il y avait un nom sur l'enveloppe et que tu gardes l'argent, eh bien oui, t'es un voleur!

Sylvie lui tire la langue, puis s'éloigne à grands pas et disparaît parmi la foule du mail. Achille n'a plus faim, la fouine lui a coupé l'appétit. Il reste seul un moment, puis il erre le long des boutiques, rongé d'inquiétude. «Qu'est-ce qui m'a pris de lui parler de cela? Ça n'en restera pas là. Telle que je la connais, elle va me re-lancer jusque chez moi. Elle est bien capable d'en parler à ma grand-mère ou, pire encore, à sa mère qui va sûrement prendre plaisir à bavasser à mes parents... pour mon bien! Parce que, selon elle, je suis sur une mauvaise pente: elle dit que je crie toujours après sa fille. Et même que je la maltraite... C'est pas vrai! Elle exagère! Si Sylvie, aussi, n'était pas si bavarde et curieuse, je serais peut-être plus gentil avec elle. La fouine fait exprès : elle choisit toujours les mots qui me font enrager. Et maintenant, si elle rapporte mon secret à quelqu'un, que vais-je faire ? Qu'est-ce qu'on va penser de moi ? »

Incapable de se résoudre à utiliser l'argent qui n'est pas vraiment le sien, Achille décide de quitter le mail. Il retourne chez lui, songeur.

Chemin faisant, il construit mille scénarios dans sa tête pour tenter de découvrir à quoi étaient destinés les cent dollars trouvés : l'argent pour payer la randonnée que les élèves doivent faire demain ?... Non, c'est beaucoup trop de sous. Une rançon pour libérer un otage ?... Non, ce n'est pas assez ; à la télé, on demande toujours des millions.

– Qui trouve garde ! lance-t-il alors tout haut. Oui, qui trouve garde ! répète-t-il sans arrêt pour se donner bonne conscience.

Chapitre

Une montagne d'ennuis

À son réveil, le lendemain, Achille est aussi fripé que son pyjama. Les plis de son oreiller étampés sur une joue, il a l'air d'avoir bataillé toute la nuit. Il a mal dormi. Et pourtant, c'est un beau jour. C'est la journée «Sciences de la nature»: une sortie à la montagne. Les élèves doivent y observer la faune et la flore, et il leur faut prélever quelques échantillons.

Voilà pourquoi, la veille, Achille a bien rassemblé son matériel d'expédition. Ses jumelles, son calepin, ses bocaux de plastique ont déjà leur place dans son sac à dos. Il ne lui reste qu'à y glisser un lunch spécialement préparé par sa mère pour l'occasion.

Bien sûr, il a hâte de participer à cette excursion. Mais ce n'est pas à cause de cette sortie passionnante qu'il s'est battu presque toute la nuit avec son oreiller. Non! c'est plutôt à cause de son trésor et de tous ces rêves bizarres qu'il a vécus comme s'ils étaient réels. Dans l'un d'eux, ses vêtements étaient enduits de colle par Sylvie la fouine qui voulait y faire tenir une tonne de petits diamants. Mais à chacun des mouvements d'Achille, ces diamants minuscules se décollaient. Derrière lui, une traînée d'é-toiles brillantes se dessinait. Des dia-mants s'incrustaient partout, sauf sur lui! Malgré la colle! Achille a peur que ce rêve et bien d'autres qu'il a faits, aient un rapport avec le trésor qui dort sous son matelas. Et tous ses rêves laissaient en-tendre qu'il deviendrait pauvre, pauvre, pauvre.

Achille a réussi à ne souffler mot de rien à ses parents. Il en a pourtant été fort tenté. Surtout lorsqu'il a parlé de son désir de joindre l'équipe de baseball, cet été.

– Achille, le hockey, le baseball, toutes ces activités coûtent cher, a aussitôt répliqué sa mère.

– Je pourrais aider à payer les frais d'inscription, je...

Achille avait bien failli s'échapper. Mais il était vite retombé sur ses patins.

– Je... je peux économiser mes allocations d'ici là!

Sa grand-mère, témoin de la conversation, avait fouillé dans la poche de son pantalon.

– Tiens, un petit encouragement, lui avait-elle dit, en lui offrant un dollar. Et tu peux compter sur moi pour t'exercer au baseball.

Gêné, Achille avait gardé la pièce d'un dollar et avait remercié sa grand-mère. Il s'était senti le cœur en compote.

Il n'était donc pas surprenant qu'Achille ait passé une si mauvaise nuit. Les ténèbres lui avaient parlé: «Tu es un voleur...», s'était-il entendu répéter souvent dans ses rêves.

– J'ai trouvé, je n'ai rien volé! s'était défendu Achille toute la nuit, et même à son réveil.

Mais, pour le moment, Achille se concentre sur son expédition. Il ne veut pas gâcher sa journée avec cette histoire de billets de banque. En vitesse, il déjeune et se rend à l'école. Cette journée sera merveilleuse! se dit-il en quittant la maison.

À l'école, Achille choisit de travailler seul à la montagne. Plusieurs équipes ont été constituées. Ce n'est pas l'envie qui lui manque de se joindre à quelques copains, mais il préfère une expédition en solo comme les grands naturalistes de la télévision.

– Que vous travailliez seul ou en équipe, vous devez suivre votre groupe, lance un enseignant à la sortie de l'autobus.

Achille n'a pas l'intention de suivre son groupe. Cela ne fait pas du tout son affaire. Au détour d'un sentier, ZOUP! Achille s'efface dans le bois. Il jette un coup d'œil par-dessus son épaule pour s'assurer que ni son professeur ni le sur-

veillant qui l'accompagne n'ont remar-
qué son absence. «Enfin, l'aventure!»

L'expédition commence plutôt bien
pour lui. Il aperçoit un pic travaillant à
gagner sa nourriture sur un tronc d'arbre.
Achille s'accroupit sans faire de bruit et
tire ses jumelles de son sac. Il observe
quelques   instants   le   petit   oiseau

grimpeur à la calotte rouge, puis décide de s'approcher. Mais le froissement de l'herbe le fait fuir.

– Ciboulot de ciboulette! lâche Achille, un peu déçu.

Sa déception est toutefois de courte durée, car il profite de l'occasion pour aller voir de plus près la série de petits trous que le pic a faits sur le tronc. Achille prend son calepin et note ses observations.

Il continue son chemin en regardant un peu partout. La nature en éveil et l'odeur de la terre mouillée lui donnent l'impression d'assister à un spectacle merveilleux. Il s'imagine en célèbre explorateur, travaillant à l'élaboration d'un grand documentaire. Les fougères naissantes toutes enroulées sur elles-mêmes attirent son attention. Il se rappelle en avoir vu à l'épicerie l'an dernier. Son père lui avait expliqué d'où cela venait. On appelle ça des têtes de violon... Achille n'y a jamais goûté, alors il décide d'en cueillir une. Il s'agenouille, brise la tige délicatement et la dépose dans l'un de ses bocaux.

Un bruit de voix, non loin de là, l'arrache à ses occupations. Deux personnes s'enlacent dans une petite clairière. Ouach! pense Achille. Curieux, il se demande qui sont ces deux amoureux. Il prend ses jumelles tout en se parlant tout haut:

– Voyons, ce n'est pas de mes affaires, je devrais continuer mon chemin... Mmmm... Je ne regarderai pas longtemps... je veux juste savoir qui ils... Ah, NONNN!... Je dois rêver.

Achille est dans tous ses états, il voudrait se lever, leur faire peur, mais il ne peut bouger. La bouche ouverte, les jumelles vissées aux orbites, Achille fulmine: la fouine de Sylvie est en train de bécoter Marc-la-vedette! «Comment peut-elle embrasser cette tête enflée de Marc? C'est un bagarreur, un semeur de pagaille. Ce n'est pas un gars pour elle. Comment fait-elle? Il se moque de toutes les filles, il dit des choses horribles sur elles... En plus, il est laid comme tout. Il est trop grand, trop costaud, ses cheveux sont trop longs et sa tête ne me revient pas.»

Achille ne comprend tout simplement pas. Il a toujours cru que la fouine lui courait après. «Elle disait à tout le monde que j'étais son petit ami.» Elle le poursuivait jusqu'à l'aréna. Elle était toujours sur son chemin. Elle cherchait toujours à savoir où il était et avec qui. Achille ne peut pas croire que la fouine en aime un autre que lui. «Elle aurait pu m'en parler, me dire qu'elle ne m'aimait plus. Ça n'a pas de bon sens! Ça ne se peut pas. Je lui ai offert un cornet hier, qu'elle n'a pas pris mais quand même... J'ai partagé mon secret avec elle. Et la voilà qui embrasse Marc-la-vedette! Quand je pense que quelqu'un pourrait la voir. Ciboulot de ciboulette! si quelqu'un la voit, je vais me faire écœurer par mes amis!»

Les muscles contractés, Achille est sur le point de bondir pour aller dire ce qu'il pense à la fouine. Mais les gros bras de Marc et sa réputation de boxeur refroidissent ses ardeurs. Et puis de toute façon, il ne l'aime pas, Sylvie. Elle est trop

bavarde et curieuse. Malgré cela, Achille
est incapable de regarder ailleurs.

Il entend un petit crac! à ses côtés,
mais il est trop absorbé par la scène qui
se joue devant lui. Puis, soudain, quelque
chose se jette devant ses jumelles. Tout

devient gris et... poilu... Achille ne distingue plus rien. Il dépose ses jumelles sur le sol et ferme les yeux, tremblant de peur. «Ils m'ont vu. Je vais recevoir toute une raclée de Marc. Ouille! j'ai déjà mal...» Achille ouvre lentement les paupières.

– Non-on-on-on-on!

Pire encore que Marc-la-vedette, un écureuil se tenait devant lui, une châtaigne entre les pattes. Achille redoute cet animal comme la peste. Chaque fois qu'il en voit un, le ciel lui tombe sur la tête.[1] Pris de panique, il empoigne son sac et déguerpit en courant comme un fou.

Il s'arrête beaucoup plus loin, au bord d'un petit lac pour reprendre son souffle. «Que je suis bête d'avoir crié! J'ai dû faire sursauter la fouine et la vedette. Là, c'est sûr qu'ils m'ont vu! Avoir peur d'un écureuil! Franchement, je fais dur...

---

1 Voir *Tout à l'envers*

Qu'est-ce que je vais faire maintenant?»
Achille, recroquevillé sur lui-même, retient des larmes de rage.

«Mieux vaut continuer mes observations de la nature...» se dit-il finalement en cherchant ses jumelles dans son sac pour regarder de plus près les alentours du lac. Il a beau fouiller, retourner son sac dans tous les sens: rien. «Ciboulot de ciboulette! j'ai oublié mes jumelles! Maudit écureuil de malheur! Je suis obligé de retourner là-bas. Je vais avoir l'air fin si je tombe sur Sylvie et Marc.»

Achille revient sur ses pas. Il marche longtemps avant de retrouver l'endroit où il s'était arrêté pour cueillir sa fougère.

– Fiou!

Il n'a rencontré personne en chemin et les amoureux ont quitté leur clairière. Achille fouille l'endroit à la recherche de ses jumelles. «Il me semble les avoir déposées juste ici... Où sont-elles? Où les ai-je mises?»

Achille regarde partout: rien. Après d'interminables minutes de recherche, il doit se rendre à l'évidence: il a perdu ses jumelles. «Peut-être quelqu'un les a-t-il trouvées? Aïe! que vont dire mes parents?»

Six longs coups de sifflet le tirent de ses réflexions. C'est le signal de rassemblement avant le départ. «Déjà? Je n'ai même pas dîné!» Achille jette un coup d'œil à sa montre: 14 heures.

– Ciboulot de ciboulette! Qu'est-ce que je vais faire? Mes jumelles! Mes jumelles! répète Achille affolé. Grand-maman m'aidera... elle saura quoi faire... j'espère...

Il abandonne ses recherches et va rejoindre les autres. En apercevant son enseignante, il se dépêche d'aller lui demander si quelqu'un lui a rapporté ses jumelles.

– Non, Achille, répond-elle sèchement. Il me semble qu'on vous avait bien dit de suivre le groupe. Tu ne participeras pas à la prochaine sortie si...

– Mais... tente de protester Achille.

– Tu as perdu tes jumelles, je sais. Tu aurais dû nous avertir, nous les aurions cherchées ensemble, fait-elle d'un ton tranchant.

Abattu, Achille va prendre place dans l'autobus. Sylvie est déjà là. Elle partage son banc avec la vedette. Achille a un pincement au cœur. Il passe à côté d'eux sans même les regarder.

Chapitre

La vedette ou l'écureuil

À l'arrivée dans le stationnement de l'école, Achille bondit hors de l'autobus et, d'un pas pressé, se dirige vers chez lui. Il n'a pas envie de partager sa route avec qui que ce soit, et surtout pas avec la fouine.

– E-e-e-eh! Achille, attends-moi!

« C'est pas vrai, j'ai vraiment pas de chance! » se dit Achille, faisant semblant de ne pas entendre Sylvie tout en accélérant la cadence de son pas.

– Eh! Achille, arrête-toi, il faut que je te parle!

Achille fait la sourde oreille, il commence même à courir. Sylvie se met à sa poursuite.

– Achille, cesse de courir comme un écureuil! J'ai trouvé tes jumelles, bêta!

Achille s'arrête net. Il se retourne vers Sylvie, haletant, le rouge aux joues. «Décidément, j'ai toujours l'air fin avec elle...» pense-t-il. Sylvie le rejoint et lui tend ses jumelles.

– J'ai voulu te les donner à la montagne mais tu courais tellement vite que je t'ai perdu de vue. J'ai essayé d'attirer ton attention dans l'autobus, mais tu as fait comme si je n'existais pas. Qu'est-ce que tu as? demande Sylvie, essoufflée elle aussi.

– Rien, rien. J'ai la tête ailleurs, c'est tout, ment Achille.

– Tu ne serais pas jaloux par hasard? suggère malicieusement la fouine.

– Jaloux de quoi, tu racontes n'importe

quelle sornette, lui rétorque Achille.

– Je sais que tu m'as vue avec Marc. Tu as crié tellement fort quand tu nous as vus, que tu nous as fait sauter à plus d'un mètre de haut.

– Penses-tu deux minutes que ça me dérange que t'embrasses la brute-à-Marc? Un écureuil m'a sauvagement attaqué, invente Achille. Il avait l'air de croire que je menaçais ses petits. J'ai eu peur et je me suis poussé de là. C'est tout!

– C'est toujours la faute des écureuils avec toi. Inventes-en d'autres! Tu es jaloux. Jaloux!

– Non, mais t'es malade! Qu'est-ce que tu veux que ça me fasse que t'embrasses ce sac à poux?

– Marc n'est pas un sac à poux. Il est très gentil. La preuve: c'est lui qui a trouvé tes jumelles. C'est lui qui m'a demandé de te les remettre. Au lieu de dire des bêtises, tu devrais essayer d'être aussi honnête que lui.

– Qu'est-ce que l'honnêteté vient faire là-dedans?

– Marc, lui, lorsqu'il trouve quelque chose, il le remet à son propriétaire. On ne peut pas en dire autant de toi, Achille Chénier.

Achille fusille Sylvie du regard. Comme si sa journée n'avait pas été assez éprouvante, il fallait que la fouine lui rappelle l'existence d'un trésor qui n'est pas le sien. Achille a bien envie de se venger.

– Tes parents, ils savent que tu embrasses des garçons à pleine bouche comme ça?

– Ne va jamais raconter ça à ma mère! Sinon, tout le monde saura que tu es un voleur!

Ne lui laissant pas le temps de répliquer, Sylvie se sauve. Achille s'élance à sa poursuite en criant:

– Tu vas voir si je t'attrape, la fouine!

Achille court si vite qu'il réussit à la rattraper juste avant qu'elle n'entre chez elle.

– Tu vas voir, tu vas voir, ne cesse-t-il de crier en tirant sur la manche de son chandail de laine.

– Lâche ma fille tout de suite, Achille Chénier! Espèce de petite brute!

Comble de malchance, la mère de Sylvie était à la fenêtre. Elle a tout vu. Furieuse, madame Létourneau continue de s'en prendre à Achille.

– C'est quoi encore, ces manières? Tes parents devraient être plus sévères avec toi. Tu es devenu un vrai petit délinquant. S'attaquer à une fille, à MA fille, t'as pas honte? Excuse-toi!

Achille refuse de répondre et court s'enfermer dans sa chambre.

«Plus jamais je n'adresserai la parole à Sylvie. Me traiter de voleur et oser dire

que Marc-la-vedette est mieux que moi! Elle n'est pas gênée, la fouine. Sa mère ne voudra plus que je joue avec sa fille et c'est tant mieux. Je ne veux plus la voir!»

Ce soir-là, au souper, Achille mange peu et ne parle presque pas. Son père respecte son silence. Sa mère, par contre, lui pose quelques questions. Achille répond évasivement. Lorsqu'il se lève de table et quitte la pièce pour aller faire ses devoirs dans sa chambre, il entend sa grand-mère chuchoter à ses parents:

– Madame Létourneau est venue. Il paraît qu'Achille s'est mal conduit avec Sylvie. Je crois que cette fois notre petit Achille vit sa première peine d'amour.

Achille serre les poings, mais il préfère ne pas intervenir et disparaît dans sa chambre.

Chapitre

Une pluie d'étoiles

Le lendemain, Achille se rend à l'école en traînant les pieds. Il devait faire un rapport d'observation, suite à l'expédition en montagne. Son devoir est pourri. Achille a mal à la tête, mal au ventre, il ne veut pas voir Sylvie et ne sait plus si le fait de garder l'argent est un vol ou non. « La fouine ne ruinera pas une autre de mes journées. Dorénavant, je l'ignore, un point c'est tout ! » se dit Achille.

Il n'a pas du tout la tête à l'école. Il manque de concentration et n'arrive pas à comprendre les explications de son enseignante. Pire que tout, il n'a même pas trouvé d'excuses pour la mauvaise qualité de son rapport d'observation. « Je devrais me débarrasser des billets de banque... ça me ferait quelque chose de moins à penser... »

La cloche de la récréation met fin à son supplice. Achille se joint aux copains de sa classe pour jouer au ballon-chasseur. « Ça va me changer les idées. »

Achille avait raison : il oublie tout !

La partie est époustouflante. Les tirs d'Alain, le meilleur joueur de l'équipe adverse, sont puissants. Achille résiste à ceux-ci de peine et de misère. Il doit se concentrer pour attraper les lancers d'Alain qui vise vicieusement les jambes.

Luc, un coéquipier, échappe le ballon. Un gars de moins sur le carré. Achille reprend le ballon et le lance le plus fort qu'il le peut. Il est bien décidé à gagner cette partie. Soudain, après un seul petit coup d'œil jeté à sa gauche, il est comme paralysé. Sylvie est là, accotée à la clôture, les bras autour du cou de Marc.

Achille n'en revient pas. La fouine embrasse maintenant la vedette en pleine cour d'école, devant tout le monde! Les yeux d'Achille lancent des éclairs, il fulmine, il rage. Il ouvre la bouche pour crier, mais il demeure muet de surprise, son sang se glace: le ballon vient vers lui à une vitesse folle! Achille ne peut réagir, encore sous l'emprise de cette vision d'horreur, soit celle de Sylvie embrassant Marc.

BANG! Le tir d'Alain l'atteint aux chevilles et lui fait lever les pieds de terre. Achille vole dans les airs puis... BADANG! il s'écrase face première sur l'asphalte. Affalé, il lève le cou et fusille Sylvie du regard un tout petit instant avant qu'une pluie d'étoiles ne s'abatte sur lui.

Voyant qu'il tarde à se relever, ses copains vont chercher la surveillante. Plusieurs élèves sont massés en cercle

autour de lui. Certains crient des «Oh! Oh! il saigne, il saigne!» Penché sur Achille, Alain ne cesse de s'excuser. Achille essaie de lui répondre mais il en est incapable. Il ne sent plus son corps. Il se sent soudain soulevé de terre, puis, plus rien, le noir total.

Quand il reprend connaissance, il se retrouve allongé dans le bureau de la secrétaire. Le directeur lui éponge le visage. Achille a mal partout et a un goût de sang dans la bouche. Il essaie de parler.

– Mmmm... mmmm... balbutie Achille.

– Non, ne dis rien, lui conseille le directeur. Nous t'amenons à l'hôpital. Ta mère nous rejoindra là-bas. Ta langue est drôlement amochée. Elle est presque coupée en deux.

À ces mots, Achille prend panique. «La langue coupée en deux! Ciboulot de ciboulette!» Il se sent faiblir, puis tout redevient noir.

Lorsqu'il ouvre les yeux de nouveau, il repose sur un lit d'hôpital. Sa mère est à ses côtés et lui tient la main.

– Ça va aller maintenant, mon Achille. T'as reçu tout un choc à la tête, lui chuchote-t-elle gentiment.

Achille tente de toucher ses dents avec sa langue, histoire de vérifier si elle est toujours entière. Elle est bien là. Mais elle est tout engourdie. Achille a l'impression de traîner un poisson mort dans sa bouche. «Beurk!» La sensation lui donne la nausée.

– Nous devons rester quelque temps ici, raconte sa mère. Tu es sous observation. Tu as eu une commotion. Les médecins veulent être sûrs que tout va bien avant de te retourner à la maison. Tu m'as fait peur, mon petit homme.

Achille remarque que sa mère a les larmes aux yeux.

– Ça va, maman. Ze vais mieux, zézaie-t-il.

– Ne parle pas trop. Ta langue est gelée. Ils ont dû en recoudre un petit bout...

Voyant son fils pâlir de nouveau, sa mère s'empresse d'ajouter:

– Ne t'en fais pas, dans moins d'une semaine tu pourras parler comme avant. J'espère que tu ne seras pas déçu, mais tu auras congé d'école un jour ou deux. Le

temps de reposer ta langue.

Elle continue de parler doucement. Achille se laisse bercer par sa voix. Il est fatigué. Il pense à Sylvie. «Pourquoi suis-je si enragé quand je la vois avec la vedette? Est-ce que grand-maman avait raison, hier? Est-ce que je l'aimerais un peu? Mais non, qu'est-ce que je vais chercher là? La fouine est une peste, son Marc aussi! J'aurai ma revanche!»

Achille regarde autour de lui. Un rideau bleu le sépare d'un autre lit. En face, un lit est occupé par un garçon plus âgé que lui. Il est dans une petite salle à l'urgence. Il y a beaucoup de bruit. Il entend des gens gémir.

Une infirmière s'amène près du lit et s'adresse à sa mère:

– Madame Chénier, tout va bien pour votre enfant. Vous pouvez le ramener à la maison. S'il se plaint de quelque douleur, donnez-lui de l'analgésique aux quatre heures.

Achille est soulagé : il n'aurait pas aimé rester trop longtemps dans cette salle.

Puis l'infirmière se tourne vers Achille.

– Jeune homme, tu auras mal à la langue un jour ou deux. Il se peut aussi que tu aies mal à la tête. Reste au lit pour le reste de la journée et ne parle pas trop. Pour l'instant, ta langue est gelée ; tout à l'heure, lorsque l'anesthésie n'aura plus d'effet, tu ressentiras peut-être de violents élancements. C'est normal. Bonne chance et évite les ballons pour quelques jours, blague-t-elle.

– Me... ci, tente d'articuler Achille.

Chapitre

Le combat d'Achille

Confortablement assis dans la voiture de sa mère, Achille regarde son visage dans le petit miroir du pare-soleil. Il est tout enflé. On dirait le visage d'un boxeur après un dur combat. Il est blême et ses yeux sont rougis. «Je fais vraiment peur à voir», se dit-il.

Sa mère stationne son véhicule devant la maison. Madame Létourneau apparaît alors sur son balcon tandis que sa fille, la fouine, a le nez collé à la fenêtre du salon. «Beau comité d'accueil», pense Achille.

En voyant le visage tuméfié d'Achille, la

mère de Sylvie crie d'un air horrifié :

– Oh ! mon Dieu ! Votre garçon s'est battu !

Achille s'arrête net sur le trottoir. «Me battre ? Ça prend bien la mère de la fouine pour dire des choses pareilles.»

La grand-mère d'Achille ouvre la porte et jette un regard de découragement vers la mère de Sylvie.

– Je vous l'avais bien dit que votre petit-fils était sur une mauvaise pente, rajoute madame Létourneau en s'adressant à sa grand-mère. À voir son comportement avec ma fille, c'est pas étonnant. Il...

– Achille a été victime d'un accident à l'école, réplique la grand-mère, coupant court aux accusations de la voisine. Il a eu une commotion et il a subi une petite chirurgie. Je vous prierais d'arrêter votre charabia et d'avoir un peu plus de cœur.

Achille est fier de sa grand-mère. Encouragé par son intervention, il décide de répondre à son tour à madame Létourneau. Il s'approche d'elle pour lui parler.

— Z'ai reçu un ballon qui m'a fait atterrir face contre terre! Ze ne l'ai pas vu arriver parce que z'ai vu Sylvie qui embrassait à pleine bousse Marc-la-vedette.

Sitôt ses paroles lâchées, Achille regrette de les avoir prononcées. Sylvie a quitté la fenêtre. Madame Létourneau a blanchi d'un coup. Ses yeux lancent des couteaux. Sans ajouter un mot, elle entre dans la maison.

Achille se prend la tête à deux mains. «Mais qu'est-ce que j'ai fait encore? J'ai bavassé! Sylvie ne me le pardonnera jamais.»

Achille est désemparé. Il regarde sa mère et sa grand-mère tour à tour.

— Tout va s'arranger, Achille. Ne t'en fais pas! tente de le rassurer sa grand-mère.

Achille n'en est pas si sûr.

Il n'a pas le temps de s'installer sur le fauteuil du salon que déjà on sonne à la porte. «Ça y est, la fouine va bavasser à son tour... elle dira à mes parents que je suis un voleur.»

Ses soupçons se confirment lorsque sa mère lui crie :

– Achille, nous avons de la visite !

La personne qui entre dans le salon n'a pas du tout la stature de Sylvie ou de madame Létourneau. Le directeur de son école est là, chez lui !

«Elle l'a dit au directeur ! pense Achille. Aïe ! c'est pire que je croyais.»

– Je viens voir comment se porte notre grand joueur de ballon-chasseur. Ton copain Alain a bien hâte d'avoir de tes nouvelles. Il est venu trois fois à mon bureau pour savoir s'il serait accusé d'homicide involontaire. Les séries policières transforment nos enfants, ajoutet-il en faisant un clin d'œil à la mère d'Achille. Je vois que tu vas mieux. J'apporterai la bonne nouvelle à tes amis. Bon, il faut que je me sauve. À bientôt.

Mais comme le directeur s'apprête à partir, Achille l'arrête.

– Attendez! Z'ai quelque sose pour vous, lance-t-il.

Il disparaît dans sa chambre et revient rapidement avec une enveloppe à la main.

– Z'ai trouvé ça dans la cour d'école... ce matin, ment un peu Achille.

Il tend l'enveloppe.

– Oh! s'exclame aussitôt le directeur devant un Achille qui se fait tout petit, tout petit. L'argent perdu de madame Demers! Sa fille l'avait perdu vendredi dernier. C'était pour payer la gardienne. Tu vas faire des heureux, mon garçon.

Puis, se retournant vers la mère d'Achille, le directeur ajoute:

– Votre fils est très honnête, madame. Vous devez être fière de lui. J'en connais plusieurs qui auraient gardé l'argent pour eux. Je toucherai un mot de ce geste honorable dans le journal de l'école. De si belles qualités, il faut en parler. En faire un exemple!

La mère d'Achille est bouche bée. N'étant pas au courant de l'histoire, elle s'explique mal qu'Achille ne lui ait pas parlé de sa trouvaille.

– Monsieur le directeur?

– Oui.

– Est-ce que vous pourriez marquer dans le zournal que c'est la foui... ze veux dire Sylvie Létourneau qui m'a convaincu de vous remettre l'arzent. Moi, euh... z'avais plutôt envie de le garder pour moi. Ze suis pas si honnête que ça, avoue Achille.

– Sans problème, Achille. J'apprécie ta franchise. Bonsoir!

Le directeur quitte la maison. La mère
d'Achille regarde son fils drôlement. Il lui
doit des explications. Sa langue commence à lui élancer un peu. Alors il se
dépêche de lui raconter ses mésaven-
tures des derniers jours.

Chapitre

Vent d'émotions

Deux jours ont passé. Deux jours terrrribles pour Achille. Interrrrminables! Maintes fois, il a pris le téléphone pour appeler Sylvie. Mais son zézaiement ridicule et son orgueil blessé l'ont empêché de s'exécuter.

Les journées sont longues quand on ne va pas à l'école. Il n'y a rien d'intéressant à la télévision et bébé Renaud pleure souvent. Selon sa grand-mère, c'est parce que son petit frère a faim. À boire toujours comme ça, Achille est persuadé que Renaud deviendra plus gros que Marc-la-

vedette. Achille se trouve bien chanceux que sa grand-mère Lise vive chez lui. Tout comme son frère, elle le traite, lui aussi, aux petits soins.

Un peu avant l'heure du souper, quelqu'un sonne à la porte. Achille va ouvrir en se demandant qui cela peut être.

– Sylv...

La fouine entre en coup de vent, s'accroche au cou d'Achille et lui plaque un baiser sonore sur la joue. Achille, pétrifié, retient un cri de douleur.

– Merci, Achille ! Grâce à toi, ma mère a mis fin à ma punition. Tu es super gentil ! Tout le monde me félicite, grâce à toi.

Achille ne comprend pas vraiment, mais Sylvie continue de parler sans même lui laisser le temps de réagir.

– Madame Demers nous donne chacun dix dollars ! Tu te rends compte ?

– Je ne comprends pas, réussit à articuler Achille.

– Tout est dans le journal, tiens !

Sylvie lui donne un second baiser et sort de la maison. Achille n'a pas bougé d'un poil. Il la regarde descendre l'escalier, figé.

Lorsqu'il retrouve enfin le contrôle de

ses membres et qu'il s'apprête à fermer la porte, Sylvie se retourne et crie :

– Oh ! Avec Marc-la-vedette, c'est fini ! On ne se voit plus !

Puis elle se sauve chez elle. Achille referme la porte. Il est rouge comme une tomate.

Sa grand-mère l'observe, debout dans le corridor, avec deux gants de baseball dans les mains et un petit sourire en coin.

– Tout s'arrange... on dirait. Mon petit-fils en est devenu un grand, je crois.

– Pas tout de suite, grand-maman, pas tout de suite, murmure Achille, la tête encore un peu dans les nuages.

– Monsieur « Je m'ennuie » veut-il venir se lancer la balle avant le souper... s'il n'est pas trop vieux pour jouer avec sa grand-mère, bien sûr ?

Achille lui sourit.

– Oui, d'accord... mais pas trop longtemps. Tu pourrais te fatiguer, grand-maman.

– Quoi? s'offusque sa grand-mère.

Achille pouffe de rire.

– Aïe! Ma langue!

– Bien fait pour toi, p'tit snoro! le taquine sa grand-mère en lui lançant un gant de baseball. On ne se moque pas de sa grand-mère comme ça! Viens, que je te lance ma nouvelle balle ultrarapide. Tu ne la verras même pas passer.

– Oh! Oh! Oh! fait Achille, incrédule.

Et, la main déjà glissée dans son gant, il sort de la maison derrière son adorable grand-mère.

Table des matières

Chapitre 1
L'enveloppe mystérieuse 7

Chapitre 2
Cornet et secret 19

Chapitre 3
Une montagne d'ennuis 29

Chapitre 4
La vedette ou l'écureuil 45

Chapitre 5
Une pluie d'étoiles 53

Chapitre 6
Le combat d'Achille 63

Chapitre 7
Vent d'émotions 71

Mot de l'auteure

Mireille Rollin

Je crois que ma chatte Vidéo va demander le divorce ! Lorsqu'un ordinateur est entré chez moi, elle a voulu se retrouver dans mes romans. Et quand mon fils Bastien s'est mis à trotter et à lui tirer la queue, elle a négocié le droit de se sauver côté cour. Maintenant qu'elle sait qu'un autre bébé s'en vient, elle s'enferme dans les valises.

Comme j'aimerais parler la langue des chats pour qu'elle sache que je l'aime toujours. Aimer, ça rend parfois bizarre... Demandez-le à Achille, il le sait, lui.

Mot de l'illustrateur

Bruno Saint-Aubin

Moi, jouer au baseball? J'étais le pire joueur qu'on pouvait avoir dans son équipe. Au bâton, je mordais la poussière et, au champ, je dormais debout en semant à tout vent l'herbe à poux. Mais un jour, comme par hasard, j'ai frappé la balle avec aplomb. Elle est partie dans les champs à son tour. J'étais devenu le héros de mon équipe. J'ai même reçu le cadeau suprême : un bec de la belle Brigitte...

Mais hélas, ma situation de héros fondit au soleil comme glace en été, car au lieu de m'endormir au champ, je me mis à rêver tendrement en effeuillant les marguerites...

Fondation éducative Le Petit Prince

ACHEVÉ D'IMPRIMER
EN SEPTEMBRE 1997
SUR LES PRESSES DE
PAYETTE & SIMMS INC.
À SAINT-LAMBERT (Québec)